꽃이 핀 오늘은

꽃이 핀 오늘은

김연수 시인이
꽃으로 쓴
시 한 다발

마음의숲

:: 작가의 말

사람과 사람 사이에 가장 아름답게 핀 꽃은 사랑입니다. 사람이 둥글어지고 또 둥글어지어 거칠 게 없으면 그 사람이 바로 사랑의 사람입니다. 사람과 사람이 아름답게 아름답게 사랑하면 그네들의 삶으로 온 세상이 꽃밭이 됩니다.

꽃이 핀 오늘. 그동안 제 시를 사랑해주신 여러분께 꽃 한 다발 선물해드리고 싶은 마음으로 꽃시들을 엮었습니다. 당신이 꽃길만 걸었으면 좋겠습니다. 당신에게 꽃 소식만 전했으면 좋겠습니다. 꽃시 한 다발 당신 마음에 전합니다.

꽃 피는 봄날에

목차

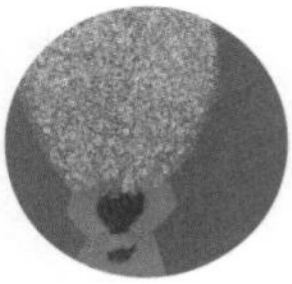

1

너라서 좋다

2

꽃의 미소로

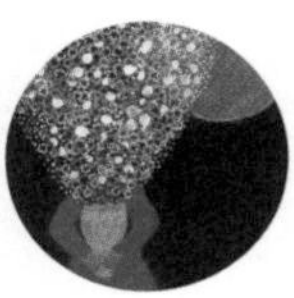

3

그대 모습 내 가슴에

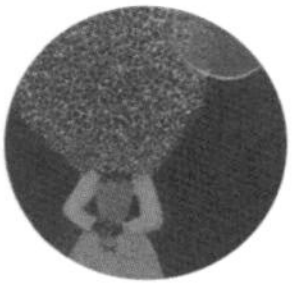

4

꽃핀 눈으로

5

이 봄에는

1

너라서 좋다

꽃이 핀 오늘은

꽃이 핀 오늘은
환한 꽃소식만
너에게
전하고 싶어

어두운 밤 가고
밝아온 새 아침에
향기로운 꽃 피어난 오늘은
너만 생각하고 싶어

내가 기쁘면
너도 웃고
네가 슬프면
나도 울던 우리

꽃이 핀 오늘은
착하고 유순한 마음으로

세상 모든 사람들 꽃길 가라고

너와 함께 기도하고 싶어

꽃밭에서

참 다행이다
우리 색깔이 달라서
우리 생긴 모양이
똑같지 않아서

서로 다른
우리들이 함께 만나
이토록 아름다운 꽃밭이 되니
축복 중에 축복이다

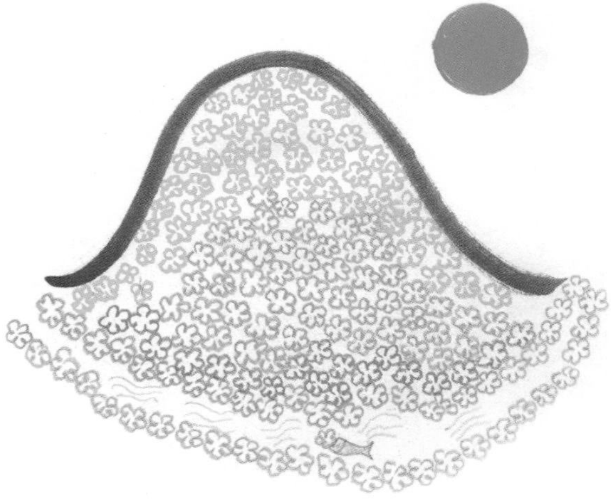

너라서 좋다

핸드드립 커피
한 잔 들고
마주 바라보는
너

너가
참 좋다
이유 없이
그냥 좋다

커피 향 가득 피어오른 카페
넝쿨장미꽃 곱게 핀 창가에서
오래 이야기하며
다시 보아도

너가
참 좋다

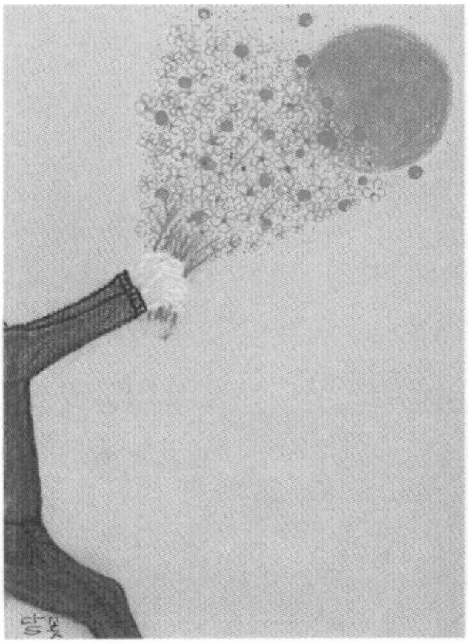
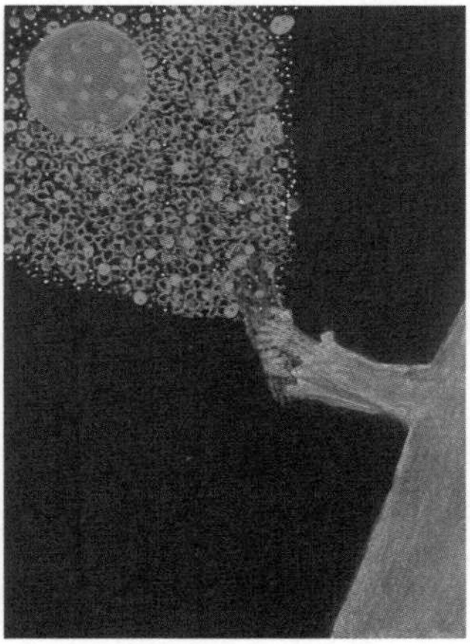

너라서

너무 좋다

너도 그랬음

좋겠다

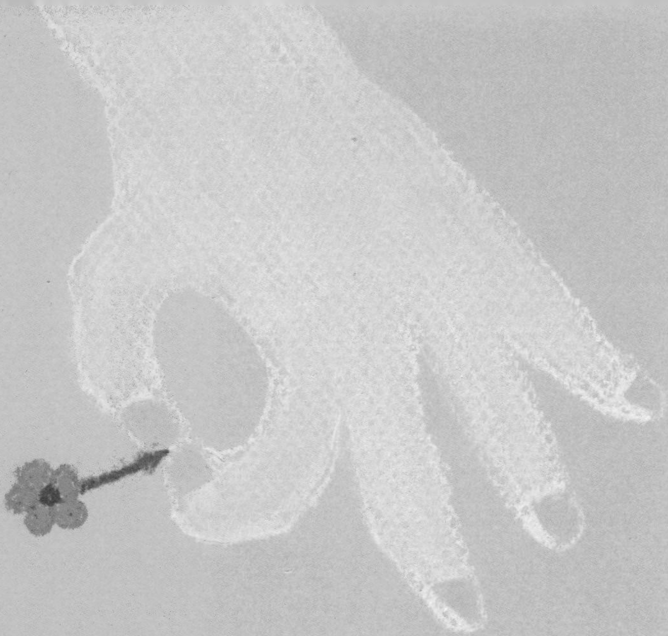

꽃차를 마시며

숲이 내다보이는 창가에서
너와 꽃차를 우리며
함께한 순간순간마다
영원 깃든 별이 되고

너와 내가 함께
아름다운 꽃차를 마시며
나누는 대화마다
불멸의 노래가 되리

꽃차 향기 속에 포개진
너와 나의 숨결마다
온 누리에 사랑꽃 피우는
꽃바람 되리

숲속 아늑한 꽃찻집에서
너와 꽃차를 나누면
햇살 가득한 생명누리
축복으로 찬란하여라

벚꽃

꽃과
꽃이 모여
벚꽃이 되고

너와
내가 만나
꽃벗이 되는

오늘은
그리움도
꽃으로 피어

온 누리
눈부셔라
찬란하여라

꽃이 핀 아침에

이른 아침
창가에 피어난
이슬 젖은 첫 장미를 보며
전화 앞에 달려가
네 번호를 돌리고

아름다운 풍경 속에서
맛있는 밥상 앞에서
네 얼굴 어른거리고
기도할 때마다
네 이름 먼저 떠오르고

위험 속에서
제일 먼저 생각나고
나보다 더 걱정되는
그 사람이 너라는 건
내가 너를 사랑한다는 뜻이야

초롱꽃

가슴에 오래 남는
너의 눈빛은
영광보다 찬란한
아픔으로 피어나는
한 송이
꽃

저마다
스스로를 향해 걷는
밤길
호젓한 길목에
환하게
불 밝혀 피어난
초롱꽃
한 송이

라벤더 핀 카페

비에 젖은
라벤더
보라색 미소에 젖어
찾은 카페

조용히 흐르는
비올라 앙상블에
커피향
가득 피어나고

커피잔
짙은 갈색 스크린에
너의 모습 어리면
나는 뜨거운 그리움을 마신다

망초꽃

이름 없는
들풀도 제 빛에 겨워
덤불덤불 우거지는 철이면
더는 숨길 수 없는
연둣빛 그리움으로 고개 들고
기웃거리는 여인아

작은 가슴 속에
차고 넘치게 들어앉은
고운이 모습
못내 넘쳐나는 자랑되어
비바람 섞어치는 날에도
입가에 피워 문
하얀 웃음 날리는 여인아

고운님을 사랑한다고
말하지 않으면

온 세상이
한꺼번에 소리칠 것만 같은 가슴
더는 가누지 못해

사방팔방으로
동그랗게 동그랗게 띄우는
소리 없는 고백
익을 대로 익은 사랑을
안고 있는 여인아

튤립 꽃

하늘에 살던
천사들이

겨울 보내고
소망을 심기 딱 알맞은
봄이 왔다고

얼어 붙었던
대지 포근히 녹여
색색의 꽃을 피우고

인생 겨울
아직 걷어내지 못한 채
추운 그늘에서
떨고 있는 이들에게

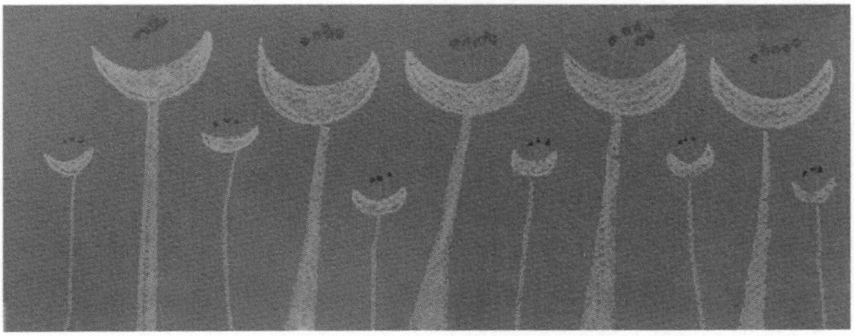

밝고 환한
소망의 문을 여는
축복의 종소리 울려주네요

위로 가득 담긴
사랑의 봄 노래를
향기롭게 울려주네요

안개꽃

이제 내 사랑은
말이 아닙니다

이 세상
모든 사전 속 낱말들을
모두 모아서 시를 지어도

당신께 드릴
내 마음
다 담을 수 없어

수줍은 사랑의 속삭임
아무도 모르게
별들마다 심어 놓았더니

달빛 너무 환한 밤
별들의 노래 가슴에 안고
하얀 안개꽃 피었습니다

산국화

초가을 비
한차례
지나간 아침
수유리
산길을 오르노라니
아리아리 연보랏빛
산국화 한 떨기가
웃고 있어요
고운이 멀리서만 보는 아픔
눈 한번 감아 떠서
문지른 웃음으로
피어 있어요
해일로 부푸는
뜨거운 가슴
다스린 여인으로
서 있어요

꽃처럼 웃어보아

쓰리고
아픈 상처
꽃으로 문질러봐
거센 비바람에 흔들리며
아픔을 이기고
피어난 꽃들이
그 아픔 씻어줄 거야

슬픈 추억들로
가슴에 비 내리는 밤이면
꽃들의 이름을 불러봐
햇빛 화안한 날도
궂은 날도 다 건너와
비로소 머금은
향기로 재워줄지 몰라

깊은 심연에 이는
그리움의 물살에
가슴 흔들리는 밤엔
꽃처럼 가만히 웃어봐
깜깜한 땅속에서 싹 틔우고 나와
기다리며 기다리며
꽃 피기까지 기도하던 꽃들이
대신 기도해줄 거야

2

●

꽃의 미소로

4월의 엽서

꽃은
피어서 지기에
아름답고

시간은
돌아오지 않아서
귀한걸

보고 있으면
더욱 보고 싶어지는
너에게

천년 아껴온
보석함 열어
다 주고 싶은
4월
어느 날

아득한 별에 꽃씨 묻으며

그대가
멀리서 반짝임으로
아름다운 별일 수밖에 없는데
왜 나는 꿈을 꾸나

그대가
건널 수 없는 물결 너머에서
손짓하는 신비로운 섬일 수밖에 없는데
왜 나는 노랠 부르나

아, 그대가
꿈만 꾸어야 하는
슬픈 노래 속에 묻어야 하는
내 생의 어찌할 수 없는 그리움인데
왜 나는 아득한 별에
꽃씨를 묻나

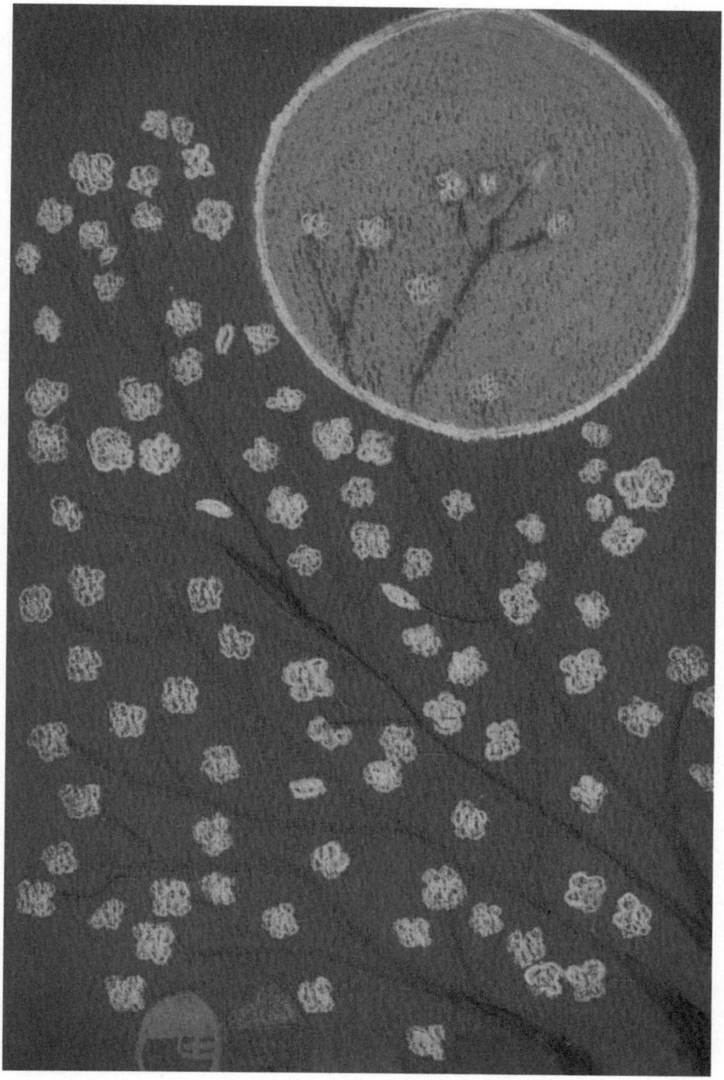

한 자락 꿈이 되어

달빛에 꽃향기가
녹아녹아 흐르는 동산에 올라
그대여
내 무릎 베고 누우세요
나는 꿈되어
한 자락 꿈이 되어

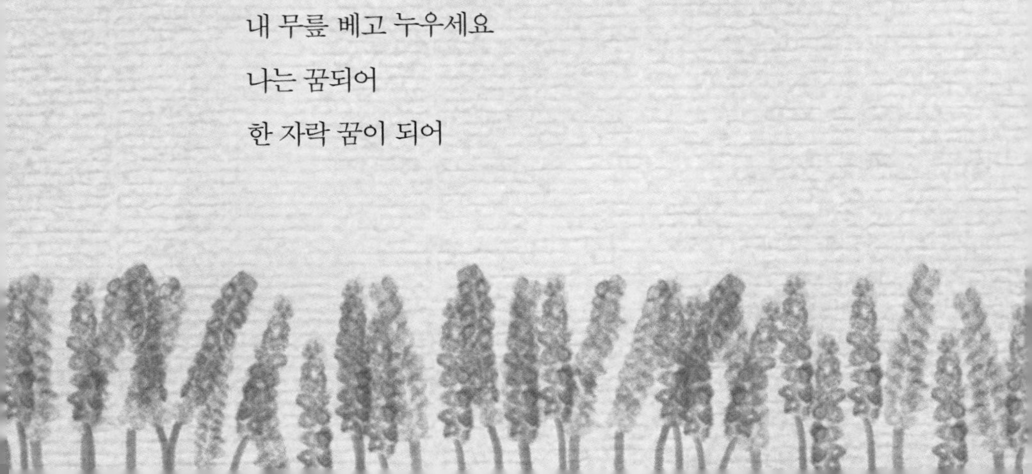

산노루 아득한 고향
신비로운 추억을
그대의 숨결에 수놓으리다
하늘의 별들처럼 수놓으리다

이름 모를 풀꽃들이
가슴 마주대고 사운대는 밤
그대여
내 가슴에서 잠들어요
나는 꿈되어
한 자락 꿈이 되어
산머루 단물 드는
길고 긴 이야기를
그대의 혼결에 수놓으리다
호수에 뜬 별처럼 수놓으리다

꽃心

이젠 어떤 말도
더 이상 필요하지 않습니다
이젠 어떤 슬픔도 나를 흔들지 못합니다
어떤 고통도 나를 울게 하진 못합니다

평생의 숨결보다 더 많은 흔들림을 지나
아프게 살아온 세월보다
진한 그리움을 건너
환하게 꽃으로 피어난 지금은
상처도 웃음일 뿐입니다
슬픔도 향기일 따름입니다

꽃잎 하늘하늘 흩날리는
낙화조차 끝이 아닙니다
꽃물 든 바람결
천지사방 퍼져 가는 곳곳마다
영원에 잇닿은 춤추는 생명지도

아, 이루지 못한 꿈조차
화사한 물결로 출렁입니다
가시도 향기로운 축복되어
침묵으로 빚은
한 곡조 노래로 흐릅니다
죽음도 부활의 씨앗입니다

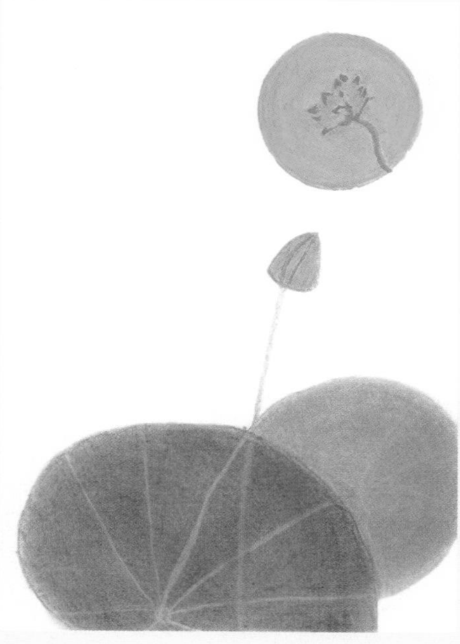

등꽃

눈부셔라
그대의 눈빛
그 뜨거움 다 받아내지 못해
고개 숙여도
절로 푸르러가는 그리움
빛깔 고운
새순 틔우는
연둣빛 꿈이파리

황홀하여라
영혼까지 스미는
그대의 숨결
맨살로 감아 안은
우주 속의 우주
보랏빛 꽃타래로 피어나는데
맨 처음 불 켠 가슴
부끄리며 부끄리며

문 여는 소리

아 고마워라
그대 사랑 내 안에 살아 있어
철 가려 꽃등불 피워 거는
은총도 화려한 한 생이 열렸어라
꽃진 후에 더 고운 꽃물 배는
여인이 되었어라

들국화

묻지 마라
눈만 마주쳐도 꽃불 터지던
그 봄의 설렘을
가는 길마다 아물대던 아지랑이
선택의 아픔을

제발 묻지 마라
옷깃만 스쳐도 휘감겨
타오르던 불밭을
느닷없이 돌아서 천둥번개로 으르렁대던
저 여름의 배반을

사랑은 되돌려받지 못할 것
알면서도 오히려 더 주어야
넉넉한 샘물 고이는 이치
피 흘리며 깨달은 뒤에야
잔잔한 웃음 한 자락

비로소 내 것으로 안은 아침

나뭇잎 풀잎 숨죽이는
무서리 앞에 꼿꼿이 고개 들고
얼어붙은 눈물꽃 분분히 쏟아지는
겨울조차 어쩔 수 없는
맑은 향기 한 움큼으로 선
내 사랑을 더는 묻지 마라

꽃의 미소로

피어나는
꽃들의 어여쁨으로
그대의 이름을 부릅니다

숨겨진
꽃들의 한숨으로
당신의 근심을 위로합니다

활짝 웃는
꽃의 마음으로
그대 위해 기도합니다

바람에 하르르 날리는
꽃잎마다 사랑을 실어
그대를 축북합니다

개나리

내가 버린 무늬로
출렁이며 흘러간 바다
어디쯤
눈썹 다스린
승천의 가락으로
밤새 비가 내리더니

당신을 둘러싼
그리움으로
그리움으로 목마른
나의 뜨락 적시네

내 어릴 적
달빛이 너무 환한 밤
꿈의 생울타리에
무리져 내린 별떨기들
반짝이며 눈을 뜨네

수시로 바람 불고
갈수록 좁은 길
삶의 무게로
얼룩진 골목골목
노오란 별들의 웃음소리에
화안히 아침이 피어나네

목련꽃 말씀

어쩌면 좋으랴
어쩌면 좋으랴

눈 감고 돌아서도
선연한 그대 모습 어루안아
복사꽃보다야 고운 사연
그대 가슴에 쓰렸더니
목숨마다 점지된
오직 한 자루의 붓을 들어
그대 혼에 새기렸더니

내 한 생애
아직 이른 새벽녘에
흰 옷 한 벌 둘러주고
떠나버린 그대를
어쩌면 좋으랴 참말

여지껏 가시지 않은 어여쁨
식히지 못한 가슴을
그대 스친 발자국에라도
남김 없이 뿌릴 수만 있다면
이 한 목숨
그림자조차 거두어
떠날 수도 있을 것을

어쩌면 좋으랴
바람도 없이
술렁이는 이 봄을
나 정말 어쩌면 좋으랴

수련水蓮

내가
그대를
사랑한다는 것은
가슴 아린
한 생의 무늬로 출렁이는
그리움의 파도에
나를 띄우는 일

그대 이마에 내리는
별빛에 새벽 하늘 열려오고
그대 가슴 스치는
가는 바람결에도
온몸이 흔들리는 일상으로
그대 가슴 깊이
더욱 깊이
뿌리 내리는 일

그대와 함께가 아니면
내 모든 일이
흔적도 없이 사라지고 말아
한 생애가
뜻없이 흘러가는
물결이 되는 일

그대를 내가
참으로 사랑한다는 건
그리움에 지쳐 누운 가슴이
진흙 수렁일 수밖에 없을 때라도
기다림의 푸른 잎새 위에
해맑은 꽃 한 송이
피워 얹는 일

민들레

내 어릴 적
봄 이랑에 심었던 민들레
아무도 모를 그리움 한 떨기
토담 아래 새순 틔우네요

서울서 사 입은
물무늬 치맛자락
바람타던 여름 한낮
아껴아껴 접어둔 가슴 흔들림
이제사 노란 꽃잎으로 피어나네요

차마 끊지 못한
인연의 실 촘촘히 달고
바람 앞에 선 홀씨 같은
그대 그린 내 한 생애는
어느 하늘로 날아가야 하나요

꽃과 사랑

사람과
사람 사이에
가장 아름답게
핀 꽃이
사랑이 아니더냐

사람이
둥글어지고
또 둥글어지어
거칠게 없으면
그 사람이
사랑이 아니더냐

사람과 사람이
아름답게
아름답게 사랑하면
그네들의 삶으로
온 세상이 꽃밭이 되지 않더냐

넝쿨장미

그대는
내 한 생애의
어찌할 수 없는
그리움

풀 수 없는 목마름으로
보이지도 않는
담장을 기어오르며
잠들지 못하는
내 영혼이 불러보는
부르기조차 아까운 이름

초록빛도
각각의 제 빛으로
살아 빛나는
비 개인 유월 아침
뜨락에 서면

아무 데서나 다가서는
고운 사람아

지천으로 뻗어서는
제 홀로 타오르는
사랑으로
온 몸이 사위는
넝쿨장미 한 떨기로 내가 서서
가장 정갈한 목소리로
기도 드리나니

아, 멀리 있을 때만
가까울 수 있는 사람아
버려야만 소유할 수 있는
아픈 사랑아

해당화

아무도 오지 않는 냇둑에
천년 통한 서려 안고
숨죽인 바위를
새순으로 새순으로 어루만져
평온한 숨결 열어 주고

가슴속에 고이는
살아 있음의 환희를
하이얀 미소로
송이송이 피워내는
누운 해당화

뼈를 녹이는 고독도
내 분깃* 이거니 가슴에 품어
해맑게 닦아내면
삶의 길 훤히 비추는
비밀스런 거울 되나니

가시 돋친 슬픔도
새 뿌리 내려 빛을 따라가면
꽃으로 피어나
온 세상의 아픔 다스리는
향기로 퍼지나니

머나먼 길 돌아온
바람결 스칠 때면
푸르른 잎새마다
곱게 적어
사르르 건네주네

• '뭇'의 고어

난과 백자

달빛으로 다듬어온
이조 여인의 목덜미
어둠에서만 타던 입술
더운 숨결로 감아보던
남빛 하늘
아,
열두 구비 세월을…

나래도 고운
나비가 나는 베갯모로부터
현란한 날갯짓
자욱한 밤하늘
가야금에 얹어
풀어내도
흔들리는 눈썹

선뜻 빛나는
은장도
흰 살에 찍히는
차가운 무늬

바람도
다소곳이 지나는
여인의 가슴
열사흗날
익는 달빛
백자에 어리는
난 그리메• 도는 물기

• 그림자의 옛말

3

그대 모습 내 가슴에

네가 내 안에 살아

너의 숨소리 번지는 곳에
나 머물지 못해도
내 눈빛 닿는 곳에
너 머물지 못해도
네가 내 안에 살아
들에 핀 꽃
향기롭고
하늘의 별떨기
더욱 맑게 빛나는 것을

풀꽃 연가

사랑하는 이여
첫 장미 피어나는 순수로
당신 이름을 부르면
내 이름 부르시는 당신의 음성이
메아리로 울려옵니다

사랑합니다
당신의 귓가에
작은 속삭임을 띄우면
당신의 사랑이
장막처럼 우리를 에워쌉니다

물결치는 당신 가슴에
손을 얹으면
싱싱한 생명의 찬가는
내 깊은 심연으로 여울져옵니다

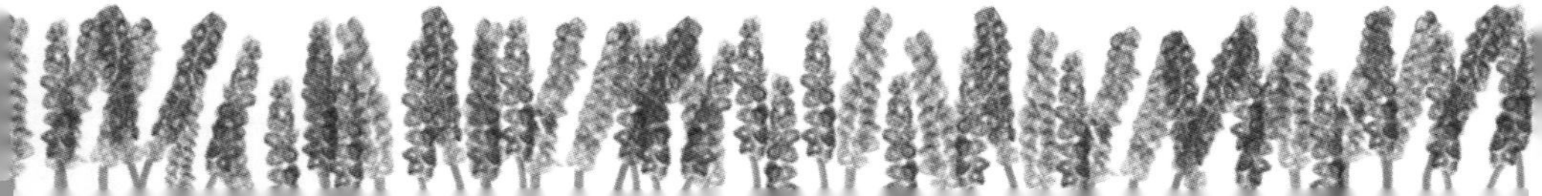

가만히 눈감으신
당신의 입술 위에
수줍은 기호를 찍으면
부드러운 바람이 풀꽃을 피우듯
당신의 더운 입김이
세포마다 꽃으로 피워냅니다

기다림으로 떨리는
당신의 두 손 위에
자잘한 이야기 피어나는
추억의 화첩을 펼쳐드리면
축복의 시집으로 돌아옵니다
꿈의 생울타리에
새싹이 피어납니다

눈꽃

그대의 다정한 눈길 속에선
나는 한 포기
꿈 빚는 나무
천만 밤을 포갠 어둠도
한낮보다 밝아옵니다

그대를 기다림은
기다림은
별 담은 이슬을 모으는 마음
작은 숨결도 소란스러워
고요히 잠재웁니다

그대 앞에 나는
한 송이 눈꽃
피어나는 찬란한 꿈 머금은 채
타오르는 그대 가슴에 내려앉는
한 송이 눈꽃입니다

수련 연가

내가
그대를
사랑한다는 건
가슴 저린
존재의 의미로 다가서는
만남의 운명에
나를 맡기는 일

그대 눈에 비치는
햇살에 온 하루가 빛나고
그대 가슴 적시는
슬픈 노래 곁에도
천지에 어둠 깃드는 나날로
그대 존재 깊이
더욱 깊이
뿌리 내리는 일

그대와 함께가 아니면
내 모든 꿈이
자취도 없이 흩어지고 말아
한 생애가
뜻없이 흘러가는
바람이 되는 일

그대를 내가
진정으로 사랑한다는 건
기다림에 목마른 내 영혼이
푸르른 그리움의
잎새 위에
기쁨의 꽃 한 송이 피워내는 일

네가 내 안에

네가 내 안에 살기 시작한
그날부터였어
바람 불지 않아도
꽃잎 하늘하늘
춤추기 시작하는 것이

네가
내안에서
속삭이기 시작한
그날부터였어
얼어붙은 겨울날에도
하얀 눈꽃
찬란히 피어
온 세상이 반짝이는 것이

아무리 먼 곳에
네가 있어도
네가
내 안에
항상 살아 있어서
내 삶은
사철 아름다운
꽃밭이 되었어

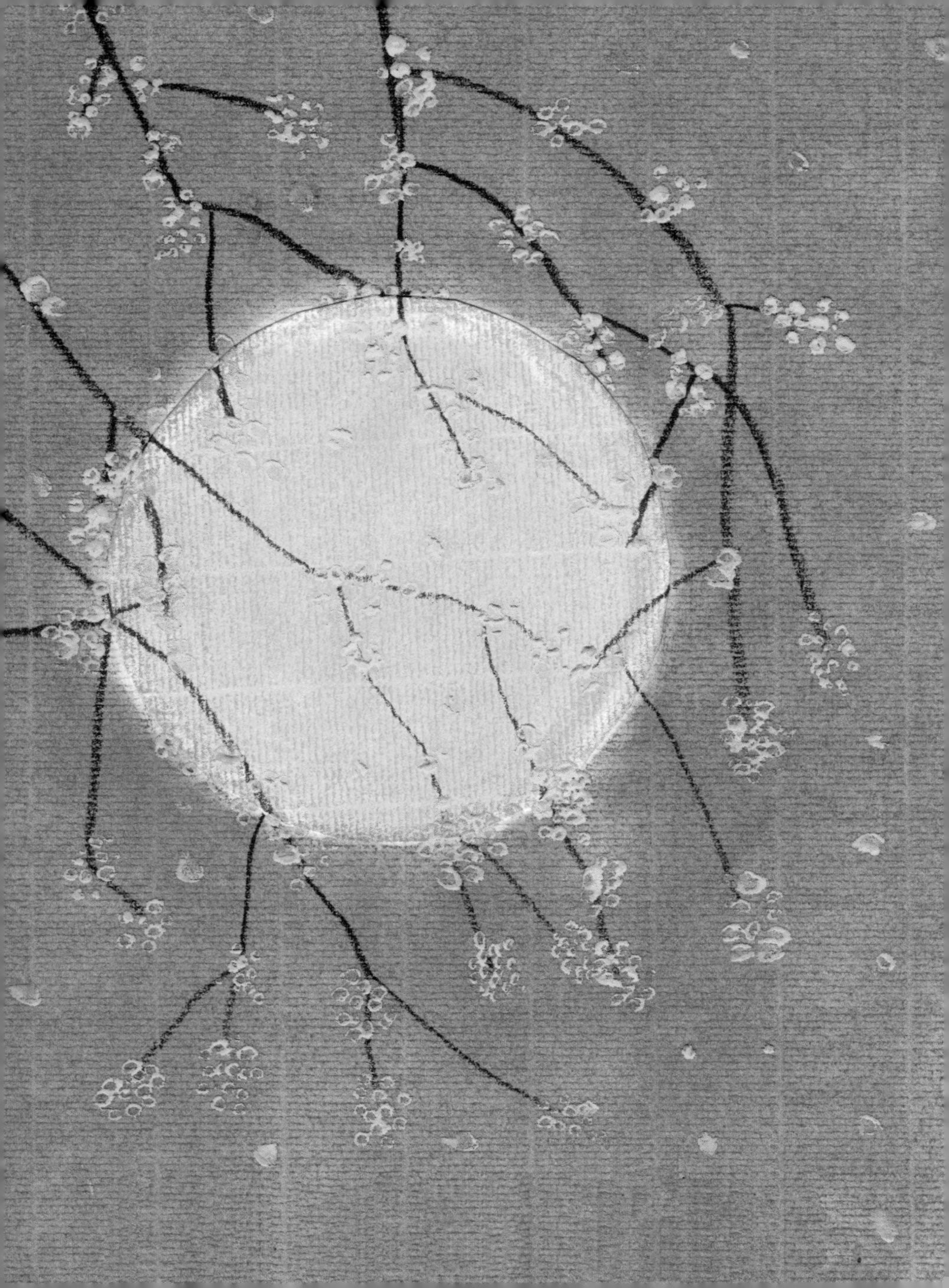

그대 가슴에서 꺾은 꽃가지

그대의 높이 뛰는 가슴에서
꺾어낸 꽃가지
하나
내 생의 텃밭에 심어
물을 주는 나날

천년에
천년을 곱쳐 흐른 뒤
시간 너머 시간까지
눈물 어려 살아도
이 가지에 새잎 돋아
꽃 피면
아프지 않을
나의 세월

그대 그린 내 사랑은

그대 그린
내 사랑은
한 권의 시집이 되어
서적센터 신간 진열대에서
옷을 벗고
무시로 달아오르는 피
다스리는 법 아직도
못 배운 나는 날마다
어둠 속에 발을 뻗고
아흔아홉 밤의
눈물마저 떨쳐 버린 기도는
갈등의 바람 섶에
각혈인 양
붉은 장미 한 송이 피워 놓았다
마음에 이는 물결 거칠수록
가까이 살아도는
아픈 이름아

4·19 철쭉

선홍빛 동백꽃
툭 툭
송이째 떨어지는
사월

겨레의 핏빛 한숨
송이 송이
거리마다 지던
아픈 계절에

갓 피어난 꽃다운 청춘을
조국민주화 제단에
아낌없이 바친
4·19의 영원한 청년들
그 푸르고 거룩한 절규가
우르르 철쭉으로 피어나네

목련이 지는 밤

아홉 폭 자락자락
감기는 바람
화선지에 재운 눈썹
숨 가두고 돌아 눕는데

옥양목 저고리
앞섶에 배어나는
새언니 마음

석등잔 파르르
접히우는 그림자마다
백자에 댓잎 찍는
살지는 소리

그 길에서

그대와 내 마음 사이에
징검다리 한 줄 놓으면 좋겠네
햇살 반짝이며 물무늬 짓는
그 다리 걸어서 그대와 내가
그리움의 강 건너 만나고 싶어
첫만남 설렘으로 만나고 싶어

그대와 내 가슴 사이에
오솔길 하나 닦았으면 좋겠네
때론 풀꽃 피고 때론 눈꽃 피는
그 길을 걸어 그대와 내가
꽃같은 꿈 나누며 만나고 싶어
별빛 축복 받으며 만나고 싶어

그대와 내 영혼 사이에
물길 하나 틔였으면
좋겠네

맑은 물에 하늘 빛 곱게 어린
그 길을 걸어 그대와 내가
한 마음 한 뜻으로 기도하고 싶어
영원한 그 빛 속에 살고 싶어

사랑의 바다 속에서

산발치에서
나무와 나무들이
따로따로 서서
햇빛 실타래 자아내려
숲의 이야기를 짜고

언덕배기에서
풀꽃과 풀꽃들이
따로따로 피어
별들이 뿌려놓은
시의 씨앗을 키워가도

땅속에서는
뿌리와 뿌리들이
어깨와 어깨를 엮고
손과 손을 다정히 잡고
빛나는 생명을 피워 올리듯

그대와 내가
섬처럼 멀리 떨어져
겨운 그리움의 물결
출렁이다가
거센 파도로 부서져 내려도

사랑의 바닷속에서
우리가 서로 맞닿아
영원에서 영원까지
한 몸인 것을

그대 모습 내 가슴에

꿈결에 스치는
그대 발자국 소리에도
내 영혼 가두는 어둠은
저절로 빛이 되어
새벽을 엽니다

그대 그림자
설핏만 해도
얼었던 가슴
부드러운 물살로 풀려
봄노래로 출렁입니다

그대 눈빛
닿기만 해도
수선화 곱게 핀 호반처럼
향기롭게 향기롭게
내 그리움 피어납니다

그대 모습
내 가슴에 어리면
멈추었던 흐름 은하수로 이어져
별바다의 비밀스런 속삭임
가슴에 안고
출렁이는 호수가 됩니다

기쁨처럼 소중한 아픔

날가려
새 아침에 꽃잎 여는
지란芝蘭한 촉
화선지에 담아 올리듯
그대에게 드린
사랑의
말씀

그 말씀 여백에
그대를 사랑해서 받는
아픔도 기쁨처럼
소중히 받으리란
마음자리
함께 담아 올렸기에

희안히 빛나는 하루 위해
아흐레 궂은 날도
감사함으로 살 수 있을 때만
사랑하라시던
어머님 말씀
소리 없이 내리는 눈송이로
뜨락 가득 쌓이는 밤

목숨보다 간절한
촛불 밝히고
눈물 기도 올림도
수정 구슬 꿰어 엮는
면류관이라 여깁니다

그리움의 샘을 파는 사람

패랭이 꽃
한 아름 가슴에 안고
들길 달리던
단발머리 적
그리움의 물살로
나를 흔들던
그대

여름 어느 날
삶의 혁명처럼 다가와
더운 바람떼 마구 풀어
세포마다 발화성 높은
불씨를 안고
떨게 하던 사람이여

내 한 있음에
날마다 새로 솟는

그리움의 샘을 파며
길 없는 곳에서
자꾸만 나를 부르는
아픈 목소리

유례 없는 장마기
눈물의 범람을
예보도 없이 상륙시킨
다정한 폭군이여

안개꽃 축복

5월 햇살 싱그러운
아침엔
은하수에 목욕하고
온몸에 묻혀 온 별가루들로
반짝반짝 눈을 뜨는
안개꽃 한아름
너에게 보내고 싶어

수천 수만의 웃음을
몰래몰래 머금었다가
비개인 5월 아침
한꺼번에 쏟아내는
안개꽃의 저 자잘하고
정겨운 웃음소리로
너를 축복하고 싶어

철쭉꽃

사랑의 아픔조차
남김없이 받아들이는 사람만
앓는 몸살을
그대가 알아 누워
절로 높아가는 나의 체온
다스릴 수 없는 날엔
철쭉꽃 만발한
산을 찾아 나섭니다

그대와
나의 아픔
맞닿아 피어난 열꽃으로
철쭉꽃 흐드러진
산자락에 서면

그대 향해 다가설수록
제 가슴 베어야 하는
운명의 징벌조차
넘을 듯합니다

4

•

꽃핀 눈으로

벚꽃 사랑

꽃 피우기 위해
목숨을 불태우듯
생명의 고운 빛깔 모두 모아
가지마다 함빡 꽃등불 켜 단
벚꽃의 뜨거움이고 싶습니다

남김 없는 헌신으로 지은
꽃누리 그 향기로운 세상조차
어린 열매들 위해
기꺼이 떨어져 내리는
벚꽃의 겸손이고 싶습니다

아프도록 고운 모습 땅에 묻고
연둣빛 잎새들에게 푸른 춤 가르치며
거친 비바람 속에서도
튼실한 열매 키워내는
벚꽃의 숨은 희생이고 싶습니다

이 봄의
내 사랑은

3월의 기도

지난 겨울내
잎 지고 눈 덮인 산과 들에
겨울 복음서를 펼쳐 주신
분이여

나목의 여린 가지가
간직했던 만큼의 꿈이
파릇이 움트는 이 계절엔
근심 걱정의 회색 커튼일랑 훌훌 걷어내고
새로 솟는 기도의 샘물을 길어 올리는
부지런으로 축복하소서

눈발 채 녹여내지 못한
우리네 마음 뜨락에도
따사로운 봄 햇살 넉넉히 비추어주시어
소박하지만 드높은 소망을
씨 뿌리게 하소서

꽃 피우는 일 하나로
목숨을 사르듯
눈비 섞어치는 꽃샘바람 속에서도
가지마다 줄기마다 온통 꽃을 피운
봄꽃들의 뜨거움으로

당신과 우리 사이에
우리와 우리 사이에
사랑의 고운 꽃 피우고만 싶습니다

천천히 복음서를 넘기시며
틔여오는 봄 누리에
새 말씀을 쓰시는
분이시여

기도의 샘가에서
아직도 침침한 눈을 씻고
봄 말씀 새로 읽는
우리들의 척척한 뜨락에
낙화의 믿음 고루 뿌려
소망의 순 튼튼히 키워가게 하소서

신화 같은 달빛이

신화 같은 달빛이
어둠을 벗기는 밤
한 그루 꽃나무 앞에서
내 사념의 울타리를 허물며
처음으로 총명을 가르치던
그의 눈빛 같은 계시를 만난다

그의 어조를 그물처럼 잡아당기면
마음속에 숨겨진 언어들이 잡혀들듯
바람에 흔들리는
잔잔한 꽃의 몸짓을
가만히 잡아당기면
꽃잎마다 걸려드는
꽃이 피어나기에 해당되는
시간과 공간의 빛깔

가만히 보고 있으면
그의 구석구석에서 일어나
내 영혼 제일 깊은 곳에
신비한 문양을 찍어
사랑의 기호처럼
안 보이는 큰 손의 지문을 전달하는
꽃나무에 그 꽃이 피어난다는
놀라운 질서

신화 같은 달빛이
한겹 한겹
고운 비단향을 드리우는 밤
한 그루 라일락 앞에서
생명의 깃발을 신비롭게 흔드는
그분의 큰 손을 잡아본다

당신이 그분 아니십니까

바람섶에도
연둣빛 곱게 번지는
봄 햇살 속에서 울리는
우리들의 기도를
새순들의 속삭임인양 들으시는
당신은 누구십니까?

아지랑이 왼종일 아롱이는
들길을 지나
버들가지 눈뜨는 시냇가에서
이웃 향한 우리 마음을
드맑은 봄물로 흐르게 하시는
당신은 누구십니까?

은혜의 보슬비 촉촉이 뿌려
우리 삶의 새로운 한 장을

또 다시 열어주시는 당신은
빈손 높이 들어
하늘에 안기는 슬기
겨우내 가르쳐주시던
바로 그분 아니십니까

한 송이 꽃의 이름으로

외진 들녘에 피어난
한 송이 이름 모를 꽃이여
산보다 키가 큰 나리꽃을 그리던
초등학교 때 수법으로
내 가슴에 옮겨 심어도
아무도 모르게 흩어져간 너의 말들을
들을 수가 없구나
살이 튀는 아픔을
말 없는 눈빛으로 접어
그 진한 숨결이 무너지던 시간을
짚어볼 수가 없구나
흩어진 머리채 곱게 빗고
너의 이름 부르며 기도할 때
비로소 산과 들의 비밀스런 속삭임
줄줄이 들려오고
아득하던 지평선이
이마까지 다가와서

따뜻한 가슴을 연다
아, 절망의 무거운 죄 씻음 받는
신비한 고해의 시간
죽었던 물줄기
싱싱한 비늘 번뜩이며
부활하게 하는
너는 나의 거룩한 사제

수녀의 장례식에서

촛불이 꺼지고
마사는 끝났다

수녀의 한 얼굴에
검은 베가 덮이고
열두 번의 괘종시계 소리가
관곽을 돌아
우리들 가슴으로만
우르르 무너졌다

눈물보다 깊은 물에
손을 씻고
관을 잡는다
십자가를 따라
수녀들이 걷는
긴 행로

길을 버려
새로 열리는 길로
천국환송가를 부르는 우리를
인도하는 눈감은 자매여
그림자 지는 몸을
벗어 던진 수녀여

일인분의 빈 공간으로
저녁 바람이 불 때
시든 국화 다발만 남기고
돌아서는 우리들의 옷자락도
어둠에 잠기고 있었다

아무도 모르게
우리들의 시간도
한 송이씩
흙빛으로 시들고 있었다

소녀들에게

소녀들아
뜨락 가득 연푸른 안개 서린
오월의 이른 아침
그분은
나폴거리는 잎새와
꽃송이를 어루만져
등나무의 꿈을
한껏 피어나게 하는 바람처럼
우리들의 사랍문을 여시더구나

소녀들아, 그분은
부끄러운 것 가리지 않고
안방에 손님을 들이는
우리들의 초라한 집에 오시어
양식과 옷 걱정을 나누실 때도
푸른 하늘을 나는 새며
들꽃의 어여쁨을
가만가만 읊으시더구나

아, 소녀들아
땀내 나는 옷을 입으신 채
저녁상 앞에 앉아
애틋하게 아버지를 부르시는
그분의 눈에
우리들의 눈물이 가득 담겼더구나
그 분의 온몸에
우리들의 아픔이 찍혔더구나

소녀들아
깜깜한 밤에랑
그분이
우리들의 안방에서 편히 주무시도록
아궁이에 불을 지피지 않으련
그리고 가만히 그분의 이름을
불러보지 않으련
우리들의 좋은 목자
젊은 시인
사랑의 예수

결혼 축시

크신 님이 지으신 누리에서
저마다의 별빛으로
여울져 흐르다가
아름다운 축복 속에 만난
그대들이여

눈부신 꿈의 나래
살포시 접고
다정히 손잡고 마주선
지금 여기 이 자리
영원에 잇닿은
사랑의 언약으로 거룩하여라

희디흰 장미 송이
안개꽃 어울러진
꽃다발 위로 타오르는
두 개의 촛불은

아낌없이 자신을 비추려는
지고한 헌신의 약속이리니

주어도 덜어짐 없고
잃어도 상실이 없는
사랑의 신비로
가장 높은 법을 삼아
생의 무늬를 엮어 나갈
새 삶의 길로 들어서시라

마음 모아 손을 모아
축원 올리는 부모 형제 자매
친구들 둘어 섰거니

그대들의 가는 길마다
그대들 하는 일마다
더불어 함께 사는

기쁨과 영광이 함께하기를
두 사람이 이룬 가정에
천국의 노래 가득하기를
축복하며 기도합니다

당신을 둘러싸고

큰 사전 행간까지 찾아도
안 나오는 단어같은
눈짓 한번으로
당신은
내 가늘은 손에
날이 선 칼을 돌게 했다

당신의 이마에 흔들리는
머리칼 한 올에도
일곱 번 자취도 없이 사라지고
오롯이 다시 서는
나의 질서

꽃이 피고 지는
의미의 한가운데로 스며와
내 가장 깊은 수면에 물살 짓는
당신의 숨소리

온 누리 꽃향기로 황홀한
당신의 정밀 속에
나를 잃기 위해
그림자 지는 땅
열두 색 하나로 살아
고운 실 고운 실을 배어내는
나의 칼을 든 여인

나도 아파보아서 알아

나도 아프면서
알게 되었어
저마다 차이는 있어도
사람은 누구나
아플 때가 있다는 걸

나도 아파보아서
이젠 알아
아무리 큰 아픔도
내가 허락하지 않는 한
나를 망가뜨릴 수 없다는 걸

강물도
고요히 흐르기까지
수많은 부딪힘과 곤두박질 속에
울부짖으며 침묵의 노래를 익히는
고통스런 긴 시간을 지나왔음을

꽃이 피어
향기로운 미소를 날리기까지
비에 젖고
바람에 휩쓸리며
흔들리는 아픔을
견뎌야 했음을

상처조차
어두운 구름에 싸인
누군가의 소망에
작은 빛을 건네주는
별이 될 수 있다는 걸

나도 상처 입고
아프면서
비로소 깨달았어
아픔이 성숙의 여정이란 걸

꽃핀 눈으로

땅이 끝난 곳에서
뒤돌아서서
지나온 길마다
꽃씨를 뿌리니
꽃 세상이 시작되네

사랑이 끝난
그 자리에서
꽃핀 눈으로 너를 보니
또 다른 빛깔의
사랑이 시작되네

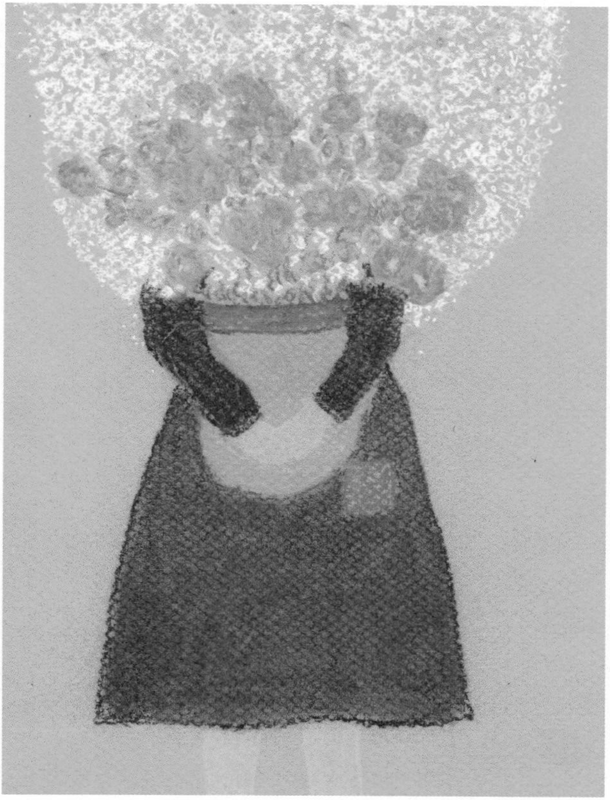

5

이 봄에는

산 식구들

작은 나무 큰 나무
함께 사는
산속에서는

풀꽃들의 고운 미소
어둠도
따라가지 못하고

산새들의 노래는
빗줄기도
적실 수 없다네

걸림돌도
노래로 바꾸는
슬기로운 개울가

울퉁불퉁 바위 곁에 핀
작은 꽃
어여뻐라

아, 다정해라
더불어 함께 사는
산 식구들

자연

자연은
무수한 말씀
감추어두신
비밀스러운 성서

감아야 열리는
맑은 눈으로
감격하며 넘겨가는
갈피마다

산에는
산의 말씀
꽃잎마다
향긋한 꽃의 말씀
순간마다 새롭게
살아옵니다

귀를 닫아
새로 열려오는 귀
가만히 기울여보면

바람결엔 바람 말씀
물결마다 물의 말씀
목마른 영혼 적시며
여울져옵니다

포플러

당신의 얼굴
볼 수 없어도
당신의 음성 들을 수 없어도
나는 행복을 노래하는
한 마리 작은새

무량으로 부어주시는
맑은 햇살
빛나는 은총의 물결 속에서
부르지 않으면 죽을 것만 같은
생명의 찬가로 무늬 짓는
나는 살아있는
당신의 송가

비바람에도
젖지 않는
내 영혼은

절망의 암벽에서도
떠오르는 별을 봅니다

때로 당신을 느끼지 못해
아프게 나부낄 때도
언제나 함께 계시는 당신의 현존
영원히 꺼지지 않는 불빛 되어
내 한 생애는
고통이 더 큰 감사를 안고 오는
축복의 노래입니다

이 봄에는

참아낼 수 없어라
이 봄에는
뜨거움 삭일 줄 몰라
삼동을 얼렸던 핏줄
한꺼번에 녹아 흘러
가지마다 줄기마다
붉은 꽃 피울 것만 같아

위태로와라
이 봄에는
한 목숨 그리움의 등에
고요히 타오르던 불꽃 치솟아
추억의 고운 잎새 다 날리고
빈 가지로 흔들리던 그대 일상에
푸른 불길 타오르게 할 것만 같아

걷잡을 수 없어라
이 봄에는
심층 깊은 곳으로만 흐르던
사랑의 용암 무섭게 분출해
애써 지켜온 우리 사이
뒤엉긴 화석 하나
세우고야 말 것만 같아

꽃이파리 하나

꽃이파리
하나
손바닥에 올려놓으면
소리 없이 흔들리는
강이 보인다
바람결에 비늘을 풀풀 날리며
매디 굵은 손가락이
썼다가 지웠다가
지웠다가 또 써 가는
글발이 보인다
물건도 아니고
마음도 아니고

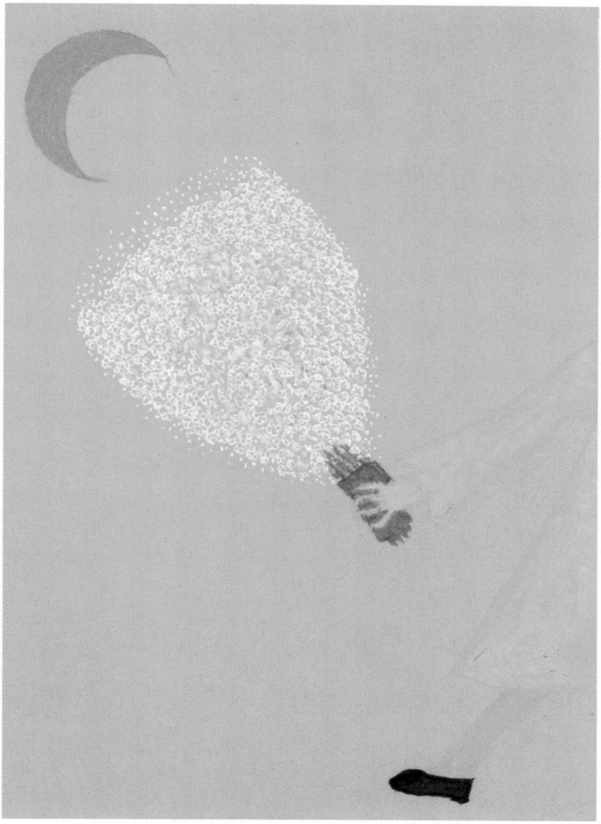

유혹

산복숭아꽃
휘어진 산길에선가
산당화 활짝 핀
뜨락에선가
아무도 모르게
내 온몸에
찍혀버린
사랑의 문신

먹어도 먹어도 배고픈
윤사월 시장기로
속살까지 후비고 들더니
먹구름장
야수처럼 내달리다 울부짖다
땅을 침략하는
한여름 밤
내 질서를 유린하더니

창마다 하나씩
불빛 밝혀지는
가을 해질녘
한 그루
바람 맞는 나무로
나를 세운다
가을이 오는 빈 들로
나를 내몬다

장미 밭에서

한겹 한겹
열려오는
태곳적 비밀의 문 앞에
한덩이
원초적 그리움이 되어
비로소 열리는
눈 속의 눈
하나로 모아보면
시간의 울타리 너무 서 계신 이의
환한 미소
혼을 씻는 향기로 묻어나네
아, 시간의 맨 끄트머리
넘어 서신 이의
그리운 음성
유월 정원의
고요한 노래 위로
여울져오네

목력이 이우는 뜨락에서

목력이 이우는
해질녘
눈빛도
흔들리는 한자락은
베어낸 눈빛으로
문 열고
뜨락에 서면
한세상 살아가는
잘 안 잡히는 뜻도
시간의 가지 끝에
설핏 나래 접는가
버리고
돌아서
또 한 고개 넘어서야
맛이 드는 웃음으로
그대를 보면
사랑도
얼룩진 옷을 벗는다

가을 그리움

숨결 고른 산허리에
남몰래 향내 떠뜨리는
마타이꽃 가슴에서
맑게 울려 퍼지는
보랏빛 종소리 신고
가을 사립문 선뜻 밀고 들어서시는
분이여

한줄금 쏟아지는 빗줄기가
그리워 그리워 밤마다 눈뜨던
지난 여름의 목마름은
치열한 제 불길 속에서
고독의 서늘한 나랠 빚어 달고
푸른 하늘을 날고 있습니다

금빛 햇살 머무는 자리마다
열매들 익어

꽃보다 곱게 단풍드는 계절이
풀벌레 노래 속에 영글어가는
지금은 가을
갈대숲 넘어오는 바람결마다
산국화향 같은 찬미가를
띄우고 싶습니다 당신께

산새 머물다 간 나뭇가지에서
풀잎처럼 흔들리다
떨어져 내리는 시간의 잎새마다
영원한 언약을 새기고만 싶습니다

저무는 강둑에 서면
수묵빛으로 번지는
그리움 한 폭 지피고
물안개로 얼굴 가리고 떠나시는
날마다 더욱 그리운
님이시여

해바라기 앞에서

가을 깊은 뜨락에
빈 대로 서서
바람 맞는
해바라기

우리 엄마 같아서
꼭 울 엄마 같아서
지나지 못하고
발길이 머무네

온몸으로 피워 올린
해 닮은 꽃 받혀 이고
팔구월 모진 더위 견디며
씨앗을 익히더니

잘 익은 꽃씨마저
떠나보낸 뒤에도
아직도 못다한
사랑이 남아

메마른 잎새 바삭이며
바람결에도 기도 새기는
해바라기 빈 대궁 앞에서
엄마 그리며 눈물짓네

스케치

하얀 꽃 가득 핀
커다란 나무 아래
이젤을 펼쳐놓고
숲을 스케치하네

나뭇가지에 내린
햇살이 별빛이
매일 빛을 분배해 내린
달빛이 스민
푸르른 잎새들과
꽃송이 송이들

이른 비 늦은 비
어두움과 고요가
속삭이던 사랑을
눈서리 폭풍이 새긴
아픈 추억들을

노래로 빚어
바람결에 날리는 숲에서

한폭의
그림을 그리네
숲의 전설을
색색의 물감으로
써 내려가네

생명이 생명으로
손에 손 잡고
우주를 이루어가는
풍경화를 그리네

찬란한 기적

네가
같은 하늘 아래
수많은 생명체 중
사람으로 태어나

너가
나와
같은 시대에
살아서

세계 인구의
이분의 일 중에
너 한 사람을
만나서

너와
내가

사랑하는 것이
기적이야

꽃보다 예쁘고
눈부시게 찬란한
기적 중의
기적이야

백장미

이제는
더 숨길 수 없는
연정입니다
도저히
말씀으론
다 드릴 수 없는 가슴입니다
다가설수록
아득하기만 한 그대
찾아 나서는 길목마다 헝클어져
전신이 사위는 그리움이여
그대 그림자 그 발치에라도
나를 다 피워 올릴 수밖에 없는
이 화려한 비운 앞에
물러설 한 치의 땅조차 없어
눈물에 헹구어낸
하얀 의상만
겹겹이 쌓이는
사랑의 현장입니다

봄비

사랑 끝났다고
울고 울었더니
그 눈물 하늘까지 흘러
눈물따라 하늘로 뻗어간
사랑의 뿌리에서
새순이 돋네요
하늘에 샘이 된 그 눈물
봄비로 내려
사랑의 새싹에 물을 주네요

6월, 그 푸르른 계절에는

눈부시도록
푸르른 6월에는
울타리 감도는
찔레꽃 하얀 향기 속에서
너를 만나고 싶어

어딜 가든
엄마의 눈빛처럼
따스한 햇살 가득한 6월엔
보랏빛 아이리스 한 아름을
너에게 안겨주고 싶어

모란꽃 꽃그늘처럼
은은한 그리움이
출렁이는 6월에는
은방울꽃 꽃길 따라
너와 걷고 또 걷고 싶어

튤립 꽃 축복

튤립 꽃
기적처럼 피어나는
꽃밭에서

아무도 모르게 일하는
천사들이
소근대네요

영원한
사랑의 약속
가슴에 심는 사람마다

맨 가슴으로
겨울을 맞아도
언 땅에라도 뿌리 내려야

인생 뜨락에
사랑하는 사람과 심은 꿈
피어나는 봄이 온다고

포근한 햇살
가득 내린 꽃밭에서
색색의 화음으로 합창하네요

맑고 고운
축복의 종소리
울려주네요

꽃이 핀 오늘은

지은이 김연수
그림 권대웅

1판 1쇄 인쇄 2018년 3월 27일
1판 1쇄 발행 2018년 3월 31일

발행인 신혜경
발행처 마음의숲

대표 권대웅
주간 이효선
편집 송희영
디자인 임정현
마케팅 노근수 허경아
인쇄 · 제본 (주)상지사P&B

출판등록 2006년 8월 1일(105 - 91 - 03955)
주소 서울시 마포구 동교로 144 - 13(서교동 463 - 32, 2층)
전화 (02) 322－3164～5 | 팩스 (02) 322－3166
페이스북 facebook.com/maumsup
ISBN 979-11-6285-001-5 (03810)

이 도서의 국립중앙도서관 출판예정도서목록(CIP)은 e-CIP홈페이지(http://www.nl.go.kr/ecip)와
국가자료공동목록시스템(http://www.nl.go.kr/kolisnet)에서 이용하실 수 있습니다.
(CIP제어번호: CIP2018009478)